Mauro Corona

UNA LACRIMA COLOR TURCHESE

MONDADORI

Dello stesso autore in edizione Mondadori

La voce degli uomini freddi
Guida poco che devi bere: manuale a uso dei giovani per imparare a bere
Venti racconti allegri e uno triste
Come sasso nella corrente
La ballata della donna ertana
La fine del mondo storto
Torneranno le quattro stagioni
Il canto delle manére
Storia di Neve
Le voci del bosco
Cani, camosci, cuculi (e un corvo)
I fantasmi di pietra
Vajont: quelli del dopo
L'ombra del bastone
Storie del bosco antico
(disponibile anche nella collana Audiobook, con cd audio)
Aspro e dolce
Nel legno e nella pietra

Una lacrima color turchese
di Mauro Corona
Collezione Scrittori italiani e stranieri

ISBN 978-88-04-64945-8

Published by arrangement with Susanna Zevi Agenzia Letteraria

I edizione novembre 2014

Una lacrima color turchese

Al Papa Francesco.
Che Dio lo aiuti.

Finché uno basa i propri ragionamenti sull'"io", riuscirà tutt'al più a essere furbo, mai saggio. Gli esseri umani sono stolti, ed è arduo per loro mettere da parte l'"io".

YUKIO MISHIMA

L'uomo diventerà migliore quando gli avremo mostrato com'è.

ANTON ČECHOV

21 giugno 2014, ore 11.32, baita del Ghiro

Inizio questa storiella qui, nella tana di baita del Ghiro, solo soletto come sempre. Principiare una fiaba natalizia il primo giorno d'estate può sembrare balordo. Ma io sono balordo. Mi è venuto in mente di dar inizio a questo progetto e quando una roba urge, ogni giorno va bene, come va bene un vino cattivo quando non c'è quello buono. Va bene tutto e in ogni stagione. Sarà una specie di fiaba che metterà a nudo l'ipocrisia del Natale e di tutti i buonisti a tempo determinato. Quelli che la domenica vanno a messa, fanno segni di croce e onorano le feste comandate e non sanno cosa sono la tolleranza, la carità, la generosità, il perdono. Che sono razzisti, xenofobi e falsi. Qui si ritroveranno tutti anche se, ovviamente, daranno la colpa ad altri di quel che succederà.

Quando s'avvicina il Natale, precisamente verso il primo dicembre, ci disponiamo tutti alla bontà. O meglio, a essere più buoni, perché buoni siamo convinti di esserlo già.

Nell'umanità alberga la ferrea certezza di essere buona, irreprensibile e onesta. Insomma, di non avere alcuna pecca.

Acciuffati uno per uno e interrogati, gli abitanti del pianeta si dichiarano perfetti. A mala pena riconoscono qualche difetto, ovviamente di poco conto. Ma forse non è così. La realtà, che rivela di che pasta sia fatto l'essere umano, si manifesta giorno dopo giorno in tutta la sua ferocia e virulenza. Salvo innumerevoli eccezioni, l'uomo si colloca da sé in due categorie: il "feroce idiota" e il "feroce intelligente". In ogni caso binomio devastante nel passato, presente, futuro.

Per fortuna, a metterci una pezza e riporre tutto in ordine, arriva una volta all'anno il Natale, altrimenti sarebbero guai. In quel periodo, infatti, bisogna essere buoni! Almeno sulla carta, giacché nei fatti non cambia nulla: l'uomo, anche a Natale o Pasqua, nel giorno dei morti o dei santi, continua a essere "feroce idiota" o "feroce intelligente". Con quel che ne consegue e che si può vedere. Di questo, però, qualcuno se ne è accorto e la storia che state per leggere ne è la conferma.

Tutta questa faccenda iniziò due giorni prima di Natale, in un paesino di montagna, mentre cadeva la neve.

Non è importante sapere l'anno e forse neppure il paese. Però, se proprio si vuol precisare qualcosa, accadde ai nostri giorni, quei giorni da dimenticare che stanno in coda agli anni del terzo millennio. Esattamente il 2014.

Allora, quella mattina nevicava e aveva cominciato la sera precedente. Nelle strette viuzze di quel paese remoto, lo spessore cresceva. Qualche capofamiglia aveva messo mano al badile per liberare l'ingresso di casa. Lo spazzaneve passava, ma solo sulla strada principale, quella che gli abitanti chiamavano statale. Il resto ognuno doveva pulirlo da sé. E lassù, quando nevica, nevica, non è per finta. Anche se il clima è cambiato, e fa caldo pure d'inverno, e non viene più neve come un tempo, pare che in quel paese dannato la regola non conti: lassù nevica e basta. E fa anche molto freddo. Ciononostante la gente si era preparata a trascorrere il Natale nel miglior modo possibile, soprattutto era disposta a metter via i rancori cercando, per quindici giorni, di essere migliore. Senza ovviamente il proposito di fare i buoni tutto l'anno. Per fare i buoni, bastava e avanzava il periodo natalizio, poi si potevano riavviare odi e ripicche, rancori e vendette, come succede in tutti i paesi del mondo, anche in quelli senza neve.

Insomma, la gente di quel posto ostile si dava da fare per la Santa Festa: già da fine novembre avevano cominciato a trafficare.

Per prima cosa, tutti tagliarono un abete per rallegrare un angolo di casa: chi grande chi piccolo, non c'era famiglia che non avesse addobbato l'alberello con palline e luci colorate, spesso esagerando con pacchiane novità elettroniche. Ma il pezzo forte era il presepe. Doveva essere lui il re della festa e tutti miravano ad abbellirlo. A farlo più originale possibile, il migliore di tutti, a costo di spendere cifre spropositate. Pur di avere figurine preziose, facevano follie. Nella regione avevano addirittura istituito un concorso per individuare il presepe più bello.

C'erano uomini, in quel dannato paese, capaci di scolpire il legno e alcuni intagliavano loro stessi le statue del presepe.

Nel 1787, Ermanno Tronoder, un vecchio scultore, aveva cavato da un pino cembro le figure della natività per la chiesa. Più di cinquanta statue alte due spanne, compresi pastori e pecorelle. Quelle opere sono state quasi tutte rubate, o andate perdute. Ma una decina, le essenziali, si sono salvate. Maria, Giuseppe, il Bimbo e i re magi, due pastori, il bue e l'asino sono lì a testimoniare il virtuosismo del vecchio scultore. Si possono vedere ogni anno a Natale nella chiesa di quel paese popolato da inquieti.

Intanto continuava a nevicare, le strade erano intasate di auto e neve nonostante gli spalatori. Attraverso le finestre piovevano luci colorate e qualche volta giungevano, mescolandosi nella via, nenie natalizie e canti di ubriachi. La gente non poteva ancora rilassarsi: la corsa forsennata ai regali non era finita, e non potevano respirare né aspettare in pace il santo evento.

I davanzali erano corredati di festoni luccicanti e lucine intermittenti. Non di rado vi appariva esposto qualche presepe lasciato lì, in balia del freddo e della neve, come se Gesù Bambino non ne avesse abbastanza di intemperie. La notte non finiva mai e pareva che tra i fiocchi vorticassero diavoli venuti a disturbare quel piccino che stava per nascere.

Siccome continuava a nevicare senza sosta, a un certo punto le auto furono lasciate ferme. Allora, senza i rombi dei motori, nel paese e nei paesi della valle tornò quel silenzio antico e dimenticato, perduto nel caos dei clangori che ormai infestano la montagna in ogni dove. Un silenzio che non si percepiva da molto tempo, finalmente non disturbato da nulla. Solo ogni tanto, come se qua e là si svegliassero da un sonno lontano, si potevano udire le nenie natalizie piovere dai balconi e conficcarsi nella neve che le spegneva, sfrigolando come fossero candele. Regnava un'atmosfera di magica sacralità, come nei vecchi Natali dimenticati, quando vi erano pochi aiuti economici e niente automobili. Non fosse stato per le canzoncine automatiche che partivano dai balconi a tempo programmato per dondolare sulla notte e conficcarsi nella neve, si sarebbe detto un Natale di cinquant'anni prima. E forse anche di più.

Quelle ore magiche passavano lentamente. Chi non riusciva a dormire poteva godersi una rarissima nevicata di silenzio.

Verso l'alba, però, l'incanto finì. Ricominciarono a rombare spazzaneve e frese, camion spargisale e trattori con le benne.

Il giorno successivo sarebbe stato Natale, bisognava preparare le strade pulite e sabbiate come si deve. Il silenzio se n'era andato e con lui la toccante magia del Natale cresciuta durante la notte.

Il giorno trascorse negli ultimi preparativi, la sera ci sarebbe stata la messa di mezzanotte e per allora tutto doveva essere pronto. A dire il vero, le messe di mezzanotte non esistono più. Sono andate a farsi benedire. I preti, impegnati in altre faccende, e in quelle di chiesa piuttosto frettolosi, le celebrano alle ventuno, rubando gran parte di intensità al fascino natalizio. Ma piuttosto che scompaiano del tutto, cosa che avverrà tra non molto, meglio ascoltarle in anticipo. Potrebbe andar bene, a questo punto, anche mezzodì, sempre meglio di niente.

Venne finalmente il momento di quella nascita anzitempo, spostata dai preti alle ventuno. La gente si recò alla messa di Natale, sotto la neve che vorticava. Dura e fina, ticchettava nella notte come colpisse vetri.

In chiesa troneggiavano fari, lucine e musichette, un grande albero addobbato mandava intermittenze da un angolo. In quello opposto, viveva nella sua dolce rigidità ciò che restava del presepe scolpito duecentoventotto anni prima da Ermanno Tronoder.

Tutto sembrava perfetto, il Bambino sorrideva pieno di speranza, le braccine aperte. Fasci di ceri ardevano dappertutto, a Natale non bisogna fare i crumiri. Sugli altari minori, che erano quattro, stavano le cassette delle offerte. Infilandoci almeno un euro, il fedele aveva diritto ad accendere una candela. Alcuni accendevano, altri si mettevano in ginocchio fingendo di non vederle. Altri ancora ne accendevano a mazzi senza metterci un centesimo. La Chiesa concede credito a praticanti e fedeli.

Nonostante fosse inverno e nevicasse, in chiesa c'erano fiori in ogni dove, collocati ordinatamente in grandi vasi. Erano magnifici, i colori vivi, i petali procaci. Ma bastava tastarli con un polpastrello per scoprire che erano plastica.

Però facevano bella figura e non erano per niente fuori posto né fuori tempo. Vista la marea di finzioni e buonismo fasullo che accompagnano il perbenismo natalizio e vista l'indifferenza verso chi non ha niente per campare che regnavano in quel paese di bigotti, i fiori falsi non erano affatto fuori luogo.

Finita la funzione, i fedeli uscirono sul sagrato invaso dalla neve, nonostante gli spalatori lo avessero pulito poche ore prima. Cominciò così la ronda delle strette di mano e degli auguri e dei sorrisi compiaciuti. Il tutto condito dai "Buon Natale" di circostanza che fiorivano su bocche contorte da un'ipocrisia così palese che cadeva in basso, forando la neve come fiocchi di piombo. Ogni stretta di mano conteneva in segreto un augurio di mala sorte, come a dire: "Crepa, maledetto! Ammalati, patisci, schiatta!". E poi quei sorrisi, ghigni feroci, smorfie che, se interpretate a dovere, avrebbero fatto paura. Gli abbracci e i baci, appena accennati, in realtà sarebbero voluti diventare strette mortali. Questo succede a Natale.

Dall'interno della chiesa, attraverso le porte aperte, il Bambin Gesù osservava. Se qualcuno fosse entrato per adorarlo, si sarebbe accorto che quel piccolo non rideva. Ma nessuno rientrò. Espletate le funzioni imposte dalle apparenze, c'era altro da fare.

Piano piano, la piccola folla si dissolse, le famiglie tornarono a casa, così come i buontemponi si radunarono qui e là per festeggiare. I solitari disperati, invece, cercarono l'osteria per annegare nel vino il loro Natale senza voce. Dimenticando Bambin Gesù e re magi, i cosiddetti fedeli si dedicarono ai gozzovigli, rimpinzandosi di tutto tranne che di fede e carità. Nessuno infatti trascinò in famiglia qualche barbone per rifocillarlo.

Riprese a nevicare più forte. La neve col suo candore fu l'unica cosa pulita e poetica di quella festa ormai vuota e falsa. Fotocopia anemica e priva di sincerità di quelle trascorse negli ultimi quarant'anni.

La notte si ripeté come la precedente: neve, silenzio, lucine, balconi illuminati, nenie programmate e qualche canto di ubriaco.

Verso le otto la signora Leonilda, mamma di tre ragazzi ormai cresciuti, forniti di tecnologie telefoniche ultimo grido e abilissimi a gestirle, chiamò i figli per aprire i regali. Assieme a loro il padre, ingegnere informatico, patito di calcio. Talmente patito che quando perdeva la sua Inter doveva ricorrere a cure mediche. Quasi ogni domenica dal medico. Ma questa è un'altra faccenda.

Tutta insieme la famigliola si dispose attorno al presepe, venti preziose statuine in legno d'acero uscite dalle mani di Kurt Wierer, virtuoso scultore di Monguelfo in val di Braies. Stavano per dare inizio allo scartamento di pacchi e pacchetti, quando la mamma notò una cosa che la fece sobbalzare. Avvertì gli altri con un gridolino, puntò il dito verso il presepe e disse: «Dov'è Gesù Bambino?».

Tutti guardarono la culla di paglia. In effetti la figurina di Gesù appena nato, scolpita da Wierer, era misteriosamente scomparsa dalla capanna. Giuseppe e Maria, comunque, nonostante la perdita, non mollavano dal viso la pietas di genitori umili e felici. Chini sul vuoto, continuavano ad accudire il Bimbo assente senza mutare l'espressione ieratica dei volti.

Leonilda se la prese con i figli, accusandoli di aver sottratto la statuina per provocarle ansia e dispiacere. E farla arrabbiare. Infatti s'arrabbiò.

«Cominciamo male» brontolava. «Tirate fuori il Bambino o faccio sparire i regali senza nemmeno aprirli.»

I figli, tre maschi di quattordici, sedici e diciassette anni, negavano risolutamente. Loro non c'entravano con la sparizione del Bambin Gesù. Lo giuravano. Ma Leonilda, donna sorretta dai sospetti, come chiunque professi fede integerrima, non si lasciava convincere. Chi se non loro poteva aver sottratto e nascosto la statuina? Il marito no di certo. Quello se ne stava in disparte a pensare all'Inter e osservare la scena, senza batter ciglio. Solo ogni tanto, ai rimbrotti della moglie verso i figli, sfoderava un cinico sorriso di soddisfazione.

I regali vennero aperti lo stesso, ma l'atmosfera non fu più quella della lieta occasione. La mamma impose un ultimatum: se entro mezzogiorno non fosse ricomparso il neonato, avrebbe messo in atto ritorsioni che solo lei sapeva. E sarebbero stati dolori per tutti. Anche per il marito che, con quei sorrisini, diventò uno dei sospettati se non addirittura l'ideatore.

Intanto venne ora di prima messa. Leonilda si preparò, doveva tornare presto ad avviare il pranzo. Il resto della famiglia sarebbe andato alla messa grande. Uscendo, ancora una volta ordinò ai figli di rimettere il Bambino al suo posto. Sul sagrato incontrò Idemia, vicina di casa, perciò amica di vecchia data. Coi vicini di casa o si è amici o si è nemici, non esiste via di mezzo. Al massimo c'è l'indifferenza, forma di attesa utile per diventar nemici.

Entrambe le donne notarono, l'una nell'altra, il cattivo umore. Dopo gli auguri, le domande:

«Che hai? Cos'è che non va? Ti vedo seria.»

«E tu? Neanche tu sembri allegra.»

Leonilda raccontò a Idemia la storia del Bambin Gesù scomparso, opera senza dubbio dei suoi figli sciagurati. «O forse di quel fallito di padre» puntualizzò. Del resto, dopo alcuni anni di matrimonio, i mariti diventano ricettacoli di difetti e nemmeno Gesù Bambino li può salvare. Identica sorte per le mogli.

A quel punto, l'amica sbalordì: «Anche a te?» esclamò.

«A me cosa?» rispose Leonilda.

Idemia le raccontò che anche a casa sua mancava il Bambin Gesù dal presepe. E anche lei aveva incolpato i figli, un maschio e una femmina di dieci e tredici anni.

«Sono ragazzi moderni, hanno voglia di scherzare» sentenziò Leonilda. «Ma su queste cose non si deve scherzare. Ai nostri tempi un fatto del genere non era nemmeno pensabile. "Scherza coi fanti ma lascia stare i santi"» concluse citando un vecchio proverbio.

Pensarono fosse finita lì ed entrarono in chiesa con la certezza che, una volta a casa, avrebbero ritrovato i Bambin Gesù nelle culle. Con loro tra la paglia, tutto sarebbe tornato a posto.

Terminata la funzione, il sagrato si riempì ancora di gente. Comari e compari chiacchieravano, famiglie ordinate si radunavano e suocere acide strattonavano vecchi contorti e riottosi. Non nevicava più, l'acciottolato era pulito alla meno peggio grazie alla costanza dei badilanti. Solo ogni tanto dal cielo di cenere cadeva qualche fiocco ritardatario, veniva di fretta come se volesse godere anche lui la sua minuscola parte di Natale.

«Andiamo a vedere se sono tornati i Bambin Gesù» disse Leonilda all'amica Idemia.

Una donna di nome Annarosa, udite quelle parole, s'incuriosì. Ne aveva buon motivo. Anche dal suo presepe mancava il Bambino. Pure lei aveva accusato i figli, ragazzini timorati di Dio, cresciuti a pane e segni di croce. Come avevano osato fare un gesto simile? Poteva, è vero, esserci lo zampino di Elio, il più vivace per non dire il più dispettoso. Ma pure Alfonso e Fiorentino non erano da meno. Chiese spiegazioni alle amiche scoprendo che, col suo, erano tre i Bambin Gesù mancanti all'appello.

«Che cosa strana» disse Idemia.

«Più che strana, misteriosa» ribatté Leonilda.

Che fosse opera di un ladro collezionista di

statuine? Ma, in quel caso, possibile che nessuno si fosse accorto di niente? La voce dei presepi saccheggiati si sparse dal sagrato all'intero paese. Perché nel frattempo s'erano aggiunti altri due casi. Di conseguenza, molti corsero a casa a controllare.

Prima di mezzodì tutti erano tornati in piazza: esterrefatti, allibiti e increduli, con frasi farfugliate lamentavano la mancanza di Gesù Bambino nei loro presepi. Avvisarono il prete di quell'affronto incredibile fatto all'intera comunità. Com'era stato possibile? E senza peraltro che nessuno avesse avuto il minimo sospetto?

Figli e nipoti vennero scagionati seduta stante per il semplice motivo che i Gesù Bambini mancavano anche là dove viveva una sola persona, celibe o nubile, vecchia o giovane, alcolizzata o astemia che fosse. E mancavano anche dove non c'era nessuno ma c'era un presepe.

In poche ore la notizia fece il giro del paese. Un corteo di cittadini guidati dal prete, sempre più stupefatto, poté verificare che nel presepe di ogni casa mancava la statuina del Bambino. Una cosa da non credere. Si fecero supposizioni e congetture, ipotesi fantastiche e drastiche sentenze. Alla fine prevalse la teoria del ladro. In un baleno venne organizzata la più grande caccia al colpevole nella storia di quel villaggio disgraziato. La gente si armò di tutto punto: fucili, forconi, asce, picconi e falci. Una volta radunatisi sul sagrato, con tanto di fare minaccioso, gli abitanti vennero a scoprire che non sapevano a chi dare la caccia. Il prete non riusciva a calmarli, erano stati colpiti nell'affetto più caro: il culto del Natale, il Bambin Gesù, la fede. Non era mica da scherzare con quelle robe lì.

Alcuni uomini che da anni avevano ficcato i genitori all'ospizio dissero che loro disponevano di tempo e volontà per fare anche turni di notte. I bastardi dei presepi non dovevano passarla liscia, il presepe non si tocca. Tra una bestemmia e l'altra, disquisivano di fede, amore, carità e Natale. Qualcuno farfugliava di rispetto e riconoscenza: gli stessi che avevano segregato i genitori al ricovero.

«Prendiamone uno a caso» sbraitò un ubriaco, «può darsi che la imbrocchiamo.»

«Neanche dirle per scherzo, queste cose» bofonchiò un altro. «Potresti essere tu.»

«Dobbiamo trovare chi è stato» dichiarò uno più calmo, «non si può colpire a caso.»

Un altro senza scomporsi ribatté: «Anche a caso purché qualcuno paghi».

Il prete avvertì le forze dell'ordine, che vennero a calmare i rivoltosi e convincerli a deporre le armi. Non fu per niente facile. Quelli volevano il colpevole e siccome non sapevano chi fosse, gliene bastava uno qualsiasi. Uno da linciare. Nessuno poteva permettersi di rubare il Bambin Gesù a un paese intero e passarla liscia.

Mentre gli intemperanti peggioravano la situazione, venne un uomo a dire che pure nel paese vicino, distante sette chilometri, gli abitanti erano in tumulto.

«Perché» disse «anche lì qualcuno ha rubato i Bambin Gesù dai presepi. Sia quelli nelle abitazioni che gli esterni.»

A quel punto la folla si calmò.

«Come?» fece uno. «Anche là? Questo ladro o questi ladri devono essere così furbi da diventare invisibili. Bisogna prenderli a ogni costo.»

Il prete non voleva crederci, era sicuro fosse uno scherzo, che lo stessero prendendo in giro, e stava per mandare tutti all'inferno. Ma i fatti e le voci iraconde della gente lo convinsero: anche nel paese vicino mancavano i Bambin Gesù. Tutti, senza eccezioni.

La cosa stava diventando preoccupante, due paesi coinvolti in quella stranissima faccenda! Ma siccome "mal comune è mezzo gaudio", gli animi si calmarono e la curiosità prese il posto dell'ira. Alcuni dubbiosi andarono a coglier voci nel villaggio scosso dal nuovo furto collettivo. Non riuscirono nemmeno ad arrivarci perché seppero che in un altro paese, poco lontano, era successa la medesima cosa: dai presepi mancava il pargolo Gesù.

Ormai le notizie si rincorrevano come trote nella corrente. I cellulari bollivano, la gente voleva sapere, chiedeva, comunicava novità, ne riceveva. Tra la neve del terzo millennio, un Natale mutilato si scioglieva nella meraviglia più assurda. Da tre paesi era scomparso il fanciullo dell'amore e della pace. Uomini e donne domandavano perché erano stati colpiti proprio i tre borghi montani. E non altri. Venivano forse puniti per via di vecchi incesti, stupri, remoti omicidi? Ottennero risposta avanti sera, quando la neve caduta i giorni prima già scricchiolava sotto le scarpe.

Non erano solo tre, i paesi segnati dalla disgrazia, bensì molti altri. Tutti i borghi della valle avevano subìto la stessa misteriosa perdita. Quella notizia stava facendo il giro nelle teste, come il vento attorno al monte. Arrivarono giornalisti, televisioni locali e scribacchini. Tutti a puntare matite e telecamere sul formidabile, inquietante mistero.

Non avevano fatto in tempo a raccogliere e soprattutto distorcere le notizie, quando si venne a sapere che dai presepi dell'intera regione, casa dopo casa, era stata sottratta la figura più importante. Allora si occuparono del caso non solo telegiornali locali e praticanti di notizie mai udite. Intervenne a gamba tesa la tv nazionale, che mandò inviati speciali che di speciale non avevano nulla, salvo gonfi giacconi di piumino tipo uomo Michelin e stivali da sbarco sulla Luna. E anche loro, i nuovi arrivati, poveracci, non fecero in tempo a divulgare i fatti così come non stavano, che si venne a sapere una cosa ancora più incredibile. Una realtà che non stava nell'oceano né sulla terra. Tutta la nazione, l'Italia intera, dal Piemonte alla Sicilia, con aggiunta la Sardegna, era rimasta senza il Bambin Gesù nei presepi.

A quel punto, scribacchini e divulgatori vocali abbandonarono in fretta il villaggio sperduto dove erano balzati alla cronaca i primi tre casi. E via via anche gli altri borghi. Idemia, Leonilda e Annarosa furono lasciate in pace. Avevano messo in moto tutto, rivelando le sparizioni misteriose di quel mattino. Allora gli addetti ai lavori avevano cercato le neglette per estorcere loro piccanti interviste da mandare in onda o pubblicare. E puntualmente distorcere. In poche ore erano diventate personaggi ricercatissimi. Perciò non si dispiacquero che l'attenzione venisse meno. Anche se qualche mastino solitario non mollava, recuperarono parecchia della pace sgretolata.

Ormai i paesi della valle avevano perduto importanza, l'attenzione di scribacchini e vocalisti si spostava a livello nazionale. L'Italia s'era trovata senza il Bambin Gesù nei presepi. Non ce n'era rimasto uno, nemmeno nella chiesa più remota. O nella casa più discosta.

Così, mentre la notizia di questa storia senza precedenti invadeva la patria, coloro che la divulgavano ancora una volta giungevano tardi. Sì, perché non solo l'Italia era senza Bambin Gesù. Si venne infatti a sapere in breve tempo che altre nazioni s'erano trovate nella medesima situazione. Mutilate del simbolo cristiano, le comunità brancolavano.

Lo stupore diventò paura. Ancora più velocemente saltò fuori, spaventosa e inspiegabile, la realtà: in tutta Europa, isole comprese, non esisteva un Bambin Gesù nemmeno a pagarlo oro. O un occhio della testa. O entrambi.

Adesso sì che le notizie correvano! Turbinavano come valanghe impetuose, scardinando congetture e certezze. Cosa stava succedendo? Nel continente non si parlava d'altro. Nemmeno la strage provocata da un ordigno collocato da feroci talebani in un mercato riuscì a distogliere l'attenzione dei media dal rapito Bambin Gesù.

A quel punto, il problema non erano più solo le sparizioni in quanto tali, bensì com'erano avvenute. Chi era stato? In che modo aveva operato? Soprattutto, come mai milioni di persone non se n'erano accorte?

Preti e monache, cardinali e vescovi, diaconi e clero tutto, tranne il Papa, tirarono in ballo il diavolo. Non avendo altre spiegazioni, misero di mezzo lui, che fa sempre comodo. Un satanasso ogni tanto non guasta mai. Forse anche il Papa pensò a Belzebù, ma non lo disse. Almeno non ci è dato saperlo. Gesù e Satana, il bene contro il male, la luce della natività nel buio del nulla. Stavolta aveva vinto il male. Così dicevano i preti. E così dicevano i satanisti. La gente invece, dopo i primi tumulti, non diceva più nulla. Aspettava e basta. Era una cosa talmente incredibile e fuori di mente, che rese i normali senza parole. Solo gli eccelsi azzardavano congetture. Tutte fallimentari. Se la faccenda fosse rimasta circoscritta alla confusa Europa, forse si sarebbe spenta di lì a qualche mese. E, non trovando soluzioni, i sapienti avrebbero dato ragione ai preti.

A Bruxelles scoppiò lo scompiglio. Prendendo la palla al balzo, quei nemici dell'originalità proclamarono uno dei loro verdetti di omologazione: semmai fossero tornati, i Bambin Gesù dovevano essere tutti uguali, come le ricotte e i prosciutti. Statuine standard, magari fatte da una ditta imposta da loro. «Gesù è uno e deve avere un volto solo» dissero gli esperti di Bruxelles.

Ma così non fu. Per l'ennesima volta il caso dei pargoli rapiti si spinse più lontano dell'Europa, traversando mari e cieli. Ammutolendo il genere umano e gli impositori di ricotte uniche. Dopo tre giorni e tre notti, dopo settantadue ore di subbugli, disperazione e stupore, il mondo cattolico venne a sapere che nei suoi territori, nei fulcri della cristianità così faticosamente conquistata, Gesù Bambino non esisteva più. Esistevano i presepi, ma senza di lui.

Ora l'umanità non pensava più ai ladri, bensì, come avevano ipotizzato i preti, a un colpo di mano satanico. Un intervento planetario del demonio senza possibilità di scampo. Satanasso si era scatenato e nessuno poteva bloccarlo. Gran brutto segno. Ciò fu confermato da altri episodi inquietanti che seguirono alle sparizioni. Nel paese dei primi tre casi, messi in luce da Leonilda, Idemia e Annarosa, c'erano infatti molti scultori in legno che provvidero subito a intagliare dei Bambin Gesù. Ma appena li posavano nel presepe sparivano di colpo, come non fossero mai esistiti. Li mettevano e non c'erano. Poco tempo dopo, addirittura, si volatilizzavano dalle stesse mani di chi li scolpiva.

A Napoli, i famosi fabbricanti di presepi nei quali infilavano anche politici e personaggi del bel mondo fiutarono ricchezza. Vendere milioni di pezzi figuranti il Bambino Gesù sarebbe stato un affare colossale, ciclopico, irripetibile. Ma restarono delusi. Non giungevano a finire le statuine che s'accorgevano di modellare aria.

Questo succedeva nel Natale tragico in cui tutto il pianeta cristiano subì la scomparsa dei Bambin Gesù. Per giorni si tentò di sostituire il pargolo con facsimili, copie di carta ritagliate e incollate su cartone, disegni che lo rappresentavano. Tutto risultò inutile. Ciò che voleva raffigurarlo spariva immediatamente.

Ma il panico vero e proprio si scatenò là dove a rappresentare il divin neonato avevano messo un bambino in carne e ossa. Queste manifestazioni estemporanee chiamate presepi viventi si allestivano un po' dovunque ma non regalavano le suggestioni sperate. Quasi sempre finivano con l'annoiare. Ogni mamma desiderava che suo figlio interpretasse Gesù e faceva risse per piazzarlo in mangiatoia. Ma anche se erano bambini splendidi, floridi e benestanti con l'aurea d'innocenza sul viso, emanavano ben poco del divin Redentore. Pur mettendocela tutta, Maria e Giuseppe, pastori e pecore, re magi e braccianti davano vita soltanto a una scena patetica, per non dire triste. Sicuramente priva di ogni pathos.

Comunque capitò che nei presepi viventi, la

mattina di quel terreo Natale, scomparvero d'improvviso i bambini che recitavano la parte. Ci furono grida e trambusti, le mamme ulularono al rapimento strappandosi i capelli. Molti pensarono al mostro pedofilo e organizzarono di nuovo spedizioni di caccia e linciaggio. La folla è molto propensa a far fuori i colpevoli. Anche se solo indiziato o sospettato, un qualsiasi derelitto rischia grosso. La folla non ha bisogno di prove. La folla ha bisogno di sangue. Pure a Natale.

Per fortuna non successe niente. I bambini furono ritrovati sani e salvi nelle loro case, addormentati serenamente, come se una mano li avesse cullati. Ma chi li aveva portati via? E come? Perché nessuno se n'era accorto? Chi voleva eliminare dai presepi la figura del Bambin Gesù? Non poteva esser altri che Satana.

Preti e prelati tornarono alla carica tirando in ballo ancora Belzebù. L'avevano levigato e quasi consumato a furia di girarci attorno. Era materia loro a questo punto. E ci si avventarono in grande stile. Televisioni del pianeta intervistarono i pezzi grossi, tonache di ogni calibro e colore ebbero prime pagine e larghi teleschermi. I più gettonati furono esorcisti, scacciaspiriti e levamalocchi, i quali, esaltati da improvvisa celebrità, parevano più indemoniati dei veri posseduti. In effetti, il fenomeno stava diventando molto preoccupante. L'umanità cattolica tremava. Piovvero damigiane di acqua santa e torrenti di acqua benedetta. Ormai era certo: non si potevano imputare le sparizioni ad azione umana. C'era qualcos'altro. Vennero interpellati teologi, gesuiti, frati veggenti, studiosi di Dio, cultori di Satana, vaticanisti e animalisti. Un noto teologo laico, esperto di cose che ignorava, se la cavò in modo egregio con parole lisce di pelle e attorcigliate di corpo. Magnifico esempio di parlar chiaro senza chiarire niente. Elucubrò con stitichezza e partorì questo:

«La scomparsa del Santo Bambino è un mistero e il mistero vince su ogni ragionamento. Ogni ragionamento annega nell'immenso oceano dell'ignoto. A quel punto subentra la paura che genera spontanea una domanda: che succederà? Cosa dobbiamo aspettarci? Il mistero di determinati fatti, il manifestarsi di accadimenti strani, a volte straordinari, non sta in nessuna delle certezze di questa terra, in nessuna delle forme logiche che conosciamo.

Il mistero le inghiotte tutte. Allora è bene che, in questo mondo, alcuni misteri non vengano mai svelati. Se pretendiamo spiegare tutto, più nulla nascerebbe, e piuttosto che non veder nascere, meglio non sapere.»

In tv trionfò senza dire niente esponendo tutto nella forma migliore. Se la cavò facendo peraltro un figurone. Era un pretino accurato che anche prima della scomparsa dei Bambin Gesù frequentava assiduamente i salotti televisivi della patria. Proiettato da quelle rampe di lancio, si ritrovò famoso. Salito in alto su piramidi di neve, volgeva a suo favore quei versanti a media pendenza. Ma stavolta, messo alle strette da un caso planetario molto inquietante, doveva formulare qualcosa di preciso. Da uno che sapeva dov'era Dio, di cosa era fatto, che aspetto avesse, ci si attendeva che rivelasse pure dov'era finito. La gente ha bisogno di certezze. Ma quello del pargolo era un mistero. E allora, secondo lui, «è bene che alcuni misteri non vengano mai svelati». Ecco, meglio così! Probabilmente sapeva benissimo com'erano scomparsi i Bambin Gesù, e dove erano finiti, ma siccome era un mistero... «era bene che quel mistero rimanesse tale». E per dar forza al concetto, tanto per cambiare, lo ficcò in un libro.

Intanto s'avvicinava la notte di San Silvestro, l'anno che aveva mutilato i presepi se ne stava andando. Fu un Natale piuttosto triste. Senza il Bambin Gesù cedeva tutto. Ma la tristezza durò poco. Il fenomeno delle scomparse fu un rombo talmente colossale che la gente si sfilò il cappotto della tristezza e indossò la pelliccia della curiosità. Voleva capire, sapere, rendersi conto. Era un caso unico al mondo, urgeva tenerlo vivo in attesa di qualche soluzione. Il teologo che, non sapendo nulla, aveva relegato il fatto nel limbo dei misteri da non svelare venne emarginato. Niente più ribalta. Capita l'antifona, nell'ultima intervista cercò di rimanere a galla citando Wittgenstein: «Su ciò di cui non si può parlare, si deve tacere» sentenziò con piglio severo. Come a dire: io so ma non posso rivelare nulla. Se avesse riflettuto, si sarebbe accorto che anche Wittgenstein, per dire di tacere, fu costretto a parlare.

Alcuni Soloni, trascurando l'evidenza dei fatti, ancora imputavano le mancanze ad azione umana: «Eppure devono essere stati i ladri» dicevano. Tanti ladri abilissimi che operavano dopo aver sedato i padroni di casa. Quindi nemmeno a mano armata, cosa che avrebbe deposto a loro sfavore in caso li avessero scoperti. Oppure avevano inventato una vernice che li rendeva invisibili. Ma sotto lo stupore la gente era preoccupata, gli animi bollivano come l'acqua di motori surriscaldati. Se avessero stanato i ladri, guai a loro. Il Bambin Gesù non si tocca. Si può perpetrare ogni genere di delitto, ma quello no.

I più scalmanati a inveire erano di grosso calibro. Politici inquisiti per aver sottratto soldi pubblici a milioni. Imprenditori collusi con mafie di ogni sigla. Ma anche portaborse, fattorini e mezze tacche che, pur essendo mezze, avevano rubato per intero tutto quello che potevano.

Persino in seno a madre Chiesa, rubanti di ogni levatura, colti con le mani nel sacco, abbaiavano furiosi. Cardinali con attici nella capitale degni di nababbi volevano capire. Mentre la gente, invece, voleva capire come mai loro avevano quegli attici. E poi, sempre in quel seno inespugnabile, pedofili, adescatori di giovinetti saltavano nelle sagrestie indignati dalla scomparsa del Bambin Gesù. Non passava nemmeno per la testa, ai signori tonacati, che anche i bambini indifesi e violati erano dei piccoli Bambin Gesù. Martiri innocenti rovinati per sempre, dopo essere passati sotto le loro grinfie. Bambin Gesù condannati dai re Erode della pedofilia. Individui senza scrupoli né pietà né onore. Bisogna dire che, nel seno inespugnabile di madre Chiesa, stazionavano anche moltissime persone per bene, di grande levatura e senso morale. Preti irreprensibili, leali e alla mano, che tiravano avanti con pochi mezzi e dei quali ci si poteva fidare. Come don Gallo, che fumava il toscano e beveva volentieri un bicchiere di rosso. O padre Alex Zanotelli, schieratosi a spada sguainata contro i ladri d'acqua e di terreni. O don Ciotti, che uno spietato boss di malavita voleva far uccidere, come altri sacerdoti caduti sotto al piombo della mafia. E tanti che, più che della scomparsa del Bambino, si preoccupavano del dolore e della fame di perseguitati e poveri, derelitti e abbandonati, prostitute e carcerati. C'erano anche questi, nel seno siliconato di Santa Madre Chiesa. E tutti, chi in un verso chi in un altro, inveivano contro l'entità misteriosa che aveva fatto sparire Gesù dai presepi del mondo.

A questo punto entrarono in ballo maghi e veggenti, sensitivi e sensali che, per cifre non indifferenti, individuavano gli autori del furto planetario nei soggetti più disparati. Qualcuno disse che erano stati i morti, per avere compagnia nel freddo regno dell'Ade. Altri davano la colpa alle scie aeree che dissolvevano la materia con la quale erano costruite le statuine.

«Ma perché dissolvono solo quelle?» chiedeva la gente.

«Forse perché il Bambin Gesù vuole eliminare il traffico aereo» rispondevano i maghi. Il più noto di questi, che ogni tanto ci prendeva, dava la colpa ai conduttori di "Un giorno da pecora". E la maga che ai suoi tempi vendeva sale, ora, seppur in pensione, puntava il dito contro "Che tempo che fa".

Insomma, c'era da sbizzarrirsi e guadagnare gloria. Nel pianeta degli uomini furbi, anche uno starnuto va sfruttato e fatto fruttare. Figuriamoci un'occasione come quella! Non vi era quotidiano, rivista o televisione che non si occupasse per intero, pagina dopo pagina, sera dopo sera, del caso Bambin Gesù. In un noto talk show era stato addirittura allestito un plastico con tanto di capanna e culla vuota, con il conduttore che la indicava dicendo: «Lui stava qui!». «Ma davvero!» commentava la gente, «pensavamo stesse in albergo!»

Dopo la notte di San Silvestro, trascorsa comunque in baldorie sfrenate anche senza il Bimbo, si liberarono congetture e illazioni, programmi e torrenti di parole. Un millantatore di poteri occulti affermò sapere dove fossero finiti i pargoli santi e perché. Invitato a rivelarlo, disse che non poteva. Su quella vicenda doveva calare una coperta di silenzio, in questo modo c'erano buone possibilità che i fantolini tornassero. Ma la voglia di verità era talmente forte che lo smargiasso fu precettato dalle autorità e invitato a parlare. Se la cavò con l'arresto. Disse che mai avrebbe tradito Gesù e men che meno messo a repentaglio il suo ritorno nei presepi. Meglio qualche mese di galera che una simile infamia. E si fece qualche mese. Normale. A volte le autorità, quando non cavano un ragno dal buco, ficcano nel buco il ragno. Forse avevano messo dentro anche il Bambin Gesù. Allora occorreva sperare nella prossima amnistia o nell'indulto.

Intanto alcuni mattacchioni, quei tipi desolanti che ridono ai funerali, dissero che era stata la Befana. La brutta vecchia maledetta aveva fatto sparire i Bambin Gesù per invidia. Voleva apparire solo lei. Bastava aspettare che passasse il 6 gennaio e i Bimbi sarebbero tornati. Trascorse nell'attesa il 6 gennaio ma non tornarono, e i mattacchioni rischiarono il linciaggio. Con l'ansia planetaria non si scherza.

Questo subbuglio non avveniva solo in Italia, patria di maghi e venditori di fumo, guaritori col sale e veggenti. La patria dei cultori di superstizioni e apparizioni con visioni di lacrime non era sola. Capitava in tutto il mondo. Un mondo intimorito e spaventato da quella vicenda fuori controllo.

Col trascorrere dei giorni il fenomeno non perdeva tensione e il motivo era piuttosto chiaro. I Bambin Gesù non si facevano vedere né si lasciavano riprodurre. Nemmeno in disegno o qualsiasi abbozzo di scultura o altro. Il mondo cristiano sperava che, trascorse le feste, tutto tornasse come prima. Invece no. Niente tornò come prima e i Bambin Gesù seguitarono a non esserci.

Del caso, senza dubbio sconcertante, si occuparono anche molte persone per bene. Ce n'erano un mucchio, di persone per bene. Tra queste, per esempio, gente che guadagnava il pane quotidiano guardando la televisione. La loro fatica non concedeva requie e consisteva nel guardare la tv da mattina a sera. Di notte si riprendevano. Altri si assicuravano la pagnotta letteralmente mangiando e bevendo. Il loro impiego era ingozzarsi ed esprimere giudizi. Lavoravano col palato, valutando se quel cibo era buono o cattivo. E lo dichiaravano. Un lavoraccio, quello del gozzoviglio. Anche questi, nel loro piccolo, si interessarono del caso Gesù. E poi altri, quelli che per mestiere davano voti a libri che non leggevano e compilavano pagelle. E molti ancora, noti figuri che sapevano dove stavano il bene e il male, l'ordine e il disordine, la legge e il suo contrario. Tutti si occuparono di Gesù Bambino. Quell'operare di pensiero, quei parti difficili, spesso cesarei, venivano redatti scrupolosamente e resi pubblici da quotidiani e riviste. Erano pezzi unici, vele di carta issate su vascelli di cartone in via d'affondamento. Ma tenevano banco ovunque, giacché il momento era difficile e l'occasione ghiotta.

Uno di questi faticatori del pensiero minerale, modificato dal continuo occhio sul video, come Chisciotte dalla sua biblioteca, imputò il caso delle scomparse a una trovata televisiva. Ne fu indignato. Di quell'abominio, se mai epiteto bastasse, dette un giudizio a dir poco trinciante. Come faceva sempre, del resto. Concluse dicendo che bisognava aspettare.

Un vorace esperto di quattro palmenti scrisse che secondo lui l'assenza del pargolo divino era una trovata gastronomica, inventata da qualche multinazionale del cibo. Di modo che, nell'incubo del caos per la scomparsa di Gesù, la gente si sarebbe avventata sul mangiare, almeno soffriva a stomaco pieno. Concluse risentito il suo pezzo dicendo che, però, ora poteva bastare, tirassero fuori i Bambin Gesù e li rimettessero al loro posto. E, per non farsi mancare nulla, anche lui disse che si doveva aspettare.

Nel frattempo, si scatenava la saga dei lettori di libri mai letti, quelli dei voti e delle pagelle. Anch'essi, come gli altri, la sapevano lunga su cose di cui nessuno sapeva nulla. E allora giù ad affermare, ovviamente per iscritto, che le misteriose sparizioni erano la trama occulta di una potente casa editrice, interessata a creare subbugli planetari per approfittare. Gli scrittori si sarebbero buttati a capofitto sul caso del Gesù scomparso, facendo vendere alla premiata ditta qualche miliardo di copie. Il pubblico avrebbe comprato quei libri ancor prima del pane. Questo dichiaravano gli indomabili faticatori dell'inutile. E non erano meno attendibili degli altri, visto che anche loro raccomandarono di aspettare. Infatti gli scribacchini del pianeta si buttarono davvero sul boccone allettante.

Uno in particolare, cosiddetto scrittore di montagna, cercò di approfittarne subito. Veniva definito di montagna non perché la sua opera esaltasse il canto dei monti, ma perché viveva e operava in quota. Alta quota, bassa scrittura. Nonostante ciò, aveva pubblicato oltre venticinque titoli. Mai uno di successo. Però vendeva piuttosto bene, cosa da non sottovalutare, soprattutto per la casa editrice. Vendere libri nella nazione dove tutti scrivono e nessuno legge era una bella fortuna. Forse per questo insisteva caparbio nella malora di fare libri, arte a lui ostile, per la quale, con ogni probabilità, era negato. Tentò il colpo gobbo sfruttando Gesù Bambino con un titolo perentorio che non ammetteva repliche né dubbi: *Io so*. Invece non sapeva niente. Era soltanto una sparata per attirare lettori e vendere qualche tonnellata di copie in accordo con l'editore. Partorì duecentotrentotto pagine e in ogni riga faceva intendere di sapere dove fossero finiti i Bambin Gesù. Invece non si capì nulla. Fino all'ultima parola aleggiò il buio. E anche dopo.

Fu il suo capolavoro, finalmente aveva azzeccato un libro buono. Obbligare alla lettura milioni di persone senza svelare alcunché si può definire capolavoro. Oppure genialità di intrattenimento. A pensarci bene, un capolavoro di buon senso lo fecero i lettori, che non linciarono l'autore seduta stante.

Ma non fu il solo a provarci. Essendo il caso di portata planetaria, eruditi e pennivendoli di ogni calibro esposero il loro sapere ai quattro venti. Si sbizzarrivano lanciandosi in fosche teorie e ipotesi azzardate che non stavano né in cielo né in terra. Ma loro le facevano stare dappertutto. Concludevano ogni volta con la fatidica frase: «A questo punto, non resta che aspettare».

«Aspettiamo, chissà che il prossimo Natale non riappaiano i Bambin Gesù» diceva la gente. E ci sperava, forse ne era convinta. Gli eruditi furono abili convincitori. E la gente aspettò. Ma senza pregare, nessuno pregava più.

Fu per reagire a quelle parole rassegnate all'attesa che si palesò nel mondo, come luce benefica, una categoria fino allora rimasta in ombra. Ovviamente non per modestia, bensì per aspettare gli eventi e assumerne il comando. Era gente all'avanguardia, quella, cervelli di prim'ordine che lavoravano in gruppo, non decideva uno solo, si consigliavano a vicenda. Questo fa capire quanto fossero di prima scelta. Si radunavano in tre, cinque, venti, quaranta. Chi erano costoro? Erano le giurie, da non confondere con i critici o i giudici. Giurie dei più disparati concorsi: cinema, moda, canto, poesia, premi letterari, di pittura, scultura, fotografia. Concorsi di fumatori di pipa, di chi aveva le unghie più lunghe e il naso più grosso. E milioni di altre cose da giudicare e dalle quali cavare la migliore. Insomma, nel "caso Gesù" ci si misero dentro le giurie e dai loro verdetti non scampò nessuno. La faccenda del Bambino era roba seria, occorreva gente seria. Soprattutto infallibile, e che lavorasse in team. E chi meglio delle giurie per giudicare? Chi era talento o brocco, chi faceva bene o male, chi era bello o brutto dipendeva da quelle congreghe di giudicatori d'arte. E allora avanti col caso delle scomparse. Per prima cosa decisero che a Bruxelles avevano ragione. Fossero mai riapparsi, i Bambini dovevano essere tutti uguali. Basta differenze! Delle ricotte non dissero niente. In merito alla scomparsa del Bimbo, spararono sentenze, valutazioni e giudizi su quello che era giusto fare e quello che era stato fatto sbagliato, quel che poteva essere e quello che non tornava. Qualcuno obiettò che Gesù Bambino non era Miss Italia, ma loro... come niente! Giudicarono tutti senza pietà. Spaziarono da coloro che la sapevano lunga, come il teologo, a quello che guardava la televisione. Fino a coloro che non sapevano dove battere la testa ma s'arrovellavano nella spasmodica ricerca del Bimbo scomparso. Le giurie promuovevano o bocciavano a destra e sinistra. Il loro giudizio era inappellabile. Ma inciamparono nell'imprevisto. Non avevano fatto i conti con una categoria ben più utile e appropriata al caso: le levatrici. Costoro insorsero in massa gridando che in merito a bambini appena nati soltanto loro avevano diritto di occuparsene.

«Basta! Via tutti!» urlarono. «Ce la vediamo noi» sbraitarono minacciose.

Ma le giurie non mollarono l'osso, e nemmeno le altre categorie lo mollarono. Alla fine tutti s'accordarono su una cosa: occorreva aspettare.

Dopo alcuni mesi trascorsi nel caos, si fece largo una notizia che creò rumore quanto quella delle sparizioni. In alcune zone depresse di terzi mondi, luoghi abbandonati dove regnavano miseria e fede, bontà e pazienza, qualche Gesù Bambino era rimasto. Statuette primitive, più o meno rifinite, figuranti il pargolo divino, erano state scoperte in case di poveri contadini, pescatori, pastori d'alte quote. Anime semplici, dotate di umanità disarmante. Vi fu un corri corri generale a vedere se tutto ciò fosse vero. Ed era vero. Alcuni Gesù Bambini sopravvivevano in famiglie indigenti, buone e generose, pazienti e rassegnate, che d'improvviso si trovarono catapultate al centro dell'attenzione. Miliardari annoiati, timorati di Dio e cinici quanto basta pagarono cifre iperboliche per quelle ormai introvabili statuine. Valevano più che un reperto dell'antico Egitto. E i poveri, accidenti a loro, le vendettero. Ma appena giunte in altre mani, scomparvero di botto. I poveri, buoni e pazienti, a tasche vuote, fiutato l'affare cercarono di farne occasione da sfruttare intagliandone altre. Ma non ne uscì più nulla. Sparivano mano a mano che le scolpivano. Avevano venduto il Bimbo per denaro, come Giuda, non ne meritavano altri. Così anche loro rimasero senza Bambino. C'è da dire che alcuni di loro non accettarono soldi, e regalarono le statuine. Ma in altre mani si contaminarono e sparirono lo stesso. E a loro non rimase nulla, come agli altri. Avevano comunque tradito Gesù liberandosene. Non meritavano altra copia. Troppo comodo donare il corpo sperando salvare l'anima.

Ma nessuno, purtroppo, capì il significato di quell'episodio, e tutto riprese in maniera insensata, come prima.

Trascorsa la primavera, venne il tempo dell'estate. Negli altri emisferi era l'inverno. Le cose non cambiavano, la curiosità non diminuiva, anche se la storia del Bambino scomparso un pochino perdeva forza.

Erano tanti i motivi per stare in ansia: le fabbriche chiudevano, la gente perdeva il lavoro, ovunque la violenza aumentava, gli uomini si facevano guerra e alcuni fanatici mozzavano teste.

Nel frattempo continuavano a fiorire millantatori e bugiardi, mercanti e tecnici, sapienti e ignoranti. Questi ultimi sapevano più dei sapienti, ma nessuno lo sapeva. Tutti avevano qualcosa da dire o da proporre per riportare i Bambin Gesù all'ovile. Ovviamente era un modo per spillar quattrini a creduloni e fedeli integrali, collezionisti e paurosi, ricche vecchiette e poveri diavoli. Alcuni imbroglioni ricevevano su appuntamento cristiani danarosi per consegnare loro un Bambin Gesù in cambio di cifre enormi. Invece ricevevano legnate. Appena entravano in quelle stanze, venivano derubati e ributtati sulla strada mezzi morti. Questo succedeva nella fabbrica della fede e nel mondo cattolico. La scomparsa del Bambin Gesù, superato il primo drammatico impatto, era diventata materia di lucro e imbroglio. Nessuna fede, nessun Dio è più forte del denaro. Quello è il vero, unico Dio. Il resto è finzione, recita, comodità. Quando non è finzione è paura del castigo, stanchezza o abitudine definitiva. «Le abitudini definitive sono proprie delle religioni o della stanchezza» sentenziò qualcuno.

Bisogna dire che, sparsi qua e là, esistevano buoni cristiani, fedeli praticanti dal cuore generoso che non andavano a messa per essere notati. Anzi, a messa non ci andavano affatto. Erano rari come mirtilli bianchi, ma anche a loro i diavoli dell'inferno avevano sottratto Gesù Bambino. Evidentemente, sotto sotto, qualche tara personale ce l'avevano anche i cristiani integerrimi. Quindi niente Bambino neanche a loro. Seppure fossero gente per bene, non erano immuni da peccati mortali e bramosie non contemplate dalla fede. E così Satana aveva infierito anche su di loro. Normale. Il vero cristiano, puro e candido, che fila la vita sul telaio dei dieci comandamenti deve ancora nascere. E non nascerà.

Intanto, anche se un poco attenuata, la storia dei Bambin Gesù seguitava a tener banco nell'intero pianeta cattolico. A render tutto molto difficile non era tanto la loro sparizione, bensì il fatto che non si riusciva a riprodurne nemmeno uno. Nessuno al mondo ne fu capace. Il mistero cresceva e, con lui, anche la paura. Per la prima volta la divinità non appariva ma scompariva. E questo sconvolse i fedeli. Chi affermava di credere nelle apparizioni non dormì più, visse l'insonnia a segni di croce. Era spaventato dall'idea che le forze del male murassero anche i santi. La convinzione che in tutto questo ci fosse lo zampino del diavolo si faceva quindi sempre più forte. I satanisti gongolavano. Finalmente il demonio stava vincendo, colpiva nell'affetto più grande tutti i fedeli del mondo. Anche quelli che, senza nemmeno rendersene conto, stavano con lui. Erano fedeli, per intenderci, che predicavano bene e razzolavano peggio.

Per tentare di risolvere il garbuglio, alcune nazioni chiamate unite misero a disposizione un premio in denaro di consistenza mai udita: cento milioni di euro a chi, o coloro che, avesse riportato a casa il Bambin Gesù. La cosa non ebbe seguito.

Continuarono a fiorire solo mitomani e millantatori, ma questo è stato detto. Singolare il caso di un politico assai noto che andava in giro dicendo essere Dio. Per ovvia conseguenza, quindi, era stato anche Gesù Bambino. Così affermava. Lasciarono che parlasse ma nessuno lo invitò ad accomodarsi nel presepe. In verità qualcuno disse: «Mettiamocelo! Chissà che finalmente non scompaia». Ma erano solo invidiosi, milioni di invidiosi. Pensandoci bene, furono in tanti a collocarlo nello sgangherato presepe della nazione, e non era il solo a credersi Dio. Così baruffava con i rivali per contendersi la capanna. Intanto passavano i mesi e la capanna si sfasciava, il bue e l'asinello morivano di fame.

Trascorse l'estate, venne l'autunno e se ne andò nel tripudio di colori e foglie morte. Così, col mistero del Bambin Gesù dentro la testa, il mondo s'avviò verso un altro Natale. Un altro Natale mutilato, privo del pargolo salvatore. Nonostante strazio e delusione, la gente allestì comunque i presepi, anche senza la statuina più importante. Ma non fu la stessa cosa. Era un gregge senza pastore. Per ovviare alla mancanza, si cercò di valorizzare l'abete natalizio, addobbandolo con novità e luci strabilianti di nuovissima concezione. Ma ancora non era la stessa cosa. Molti fedeli del pianeta cristiano rinunciarono a fare il presepe. Senza il Bambino non aveva senso. Per fortuna non tutti pensavano così, e la maggior parte degli uomini affidò la perduta serenità ancora al presepe, seppur mancante di un pezzo.

«Si può fare anche senza» dicevano sedicenti atei che non credevano in Dio, ma si crogiolavano nel clima natalizio e in tutto ciò che esso forniva. Soprattutto aspettavano i regali come tutti gli altri.

I più colpiti dal mistero drammatico della sparizione furono i bambini. A chi avrebbero rivolto le loro richieste? A chi indirizzare la letterina tanto preziosa? Le mamme erano finite in un vicolo cieco.

Preoccupate di salvare capra e cavoli, consigliavano ai figli di scriverla lo stesso, anche se non c'era il Bambin Gesù: dal luogo introvabile dove lo tenevano segregato, avrebbe di sicuro provveduto. Ovunque fosse, Gesù non si sarebbe dimenticato di loro.

Un bambino più sveglio di altri obiettò alla mamma con queste parole: «Come, segregato? Gesù è il più forte del mondo, non si fa segregare da nessuno. Gesù è più forte di Superman».

La mamma abbassò lo sguardo e disse: «Senti, piccino, per salvare il mondo Gesù è venuto sulla terra facendosi uomo, e gli uomini sono segregabili».

Il marito, seduto in poltrona, leggeva il giornale ma sentì. Chiuse le pagine, tirò un sospiro e disse: «È vero, sono segregabili, posso garantirlo...».

Contemporaneamente, tutte le mamme del mondo ribadivano ai figli trepidanti: «Non preoccupatevi, non si dimenticherà di voi. Scrivete la lettera, vedrete che i regali ci saranno».

Allora, convinti da nonni e zie, genitori o coloro che ne facevano le veci, tutti i bambini del mondo cristiano prepararono la letterina di Natale. E la collocarono sotto l'albero, o accanto al presepe mutilato, o addirittura nella culla vuota, dove una volta dimorava il pargolo.

Furono tempi duri, mesi senza gioia quelli che separarono i due Natali. Si stava approssimando il secondo, e del Bambin Gesù nessuna traccia. Non si riusciva neppure a disegnarlo, nemmeno più a immaginarlo. E tutti, atei compresi, percepirono quanto era diventata importante quella statuina. Eppure, quando c'era, la trattavano come una cosa qualsiasi, un oggetto di uso comune, da rispolverare una volta l'anno, in occasione del Natale. Solo quando vengono a mancare, ci accorgiamo di quanto erano piantate nelle nostre vite persone e cose. A volte basta la scomparsa di un logoro segnalibro, l'usatissimo cucchiaino da caffè o un banale oggetto qualunque a metterci in crisi. Ma quando li avevamo sottomano non ci facevamo caso, pareva non esistessero. Li usavamo come quando si pronuncia una parola che esce dalla bocca e si dissolve nell'aria. Questo succede.

Allora, per tornare ai fatti, il mondo s'apprestava a trascorrere il secondo Natale senza Bambin Gesù.

A Roma, capitale del cristianesimo e sede del soglio pontificio, si tentò ogni cosa pur di avere almeno un bambino nel presepe. Niente. Nessuna idea riusciva a metterlo al suo posto. Senza più alcuna speranza, si giocò una carta strampalata, che però poteva persino risultare efficace. La propose un cinese che campava ripetendo nei teatri la sua magia: incrociando abilmente le dita, riusciva a proiettare sulla superficie bianca di un telo la sagoma di qualsiasi figura. Perché non quella del Gesù Bambino? Questo virtuosismo manuale si chiamava gioco delle ombre cinesi, e chi più di un cinese poteva metterlo in opera?

Allestirono il presepe su un fondo di cartone bianco e poi chiamarono l'esperto. Almeno per qualche attimo, finalmente, si sarebbe potuta vedere la figura tanto amata.

Il Papa si accomodò davanti a tutti per seguire l'apparizione. Era un Papa alla mano, buono di cuore e nobile di testa, che usava parole dolci e semplici. Veniva dall'Argentina, un mondo alla fine del mondo, ma era di origini italiane. Nella patria d'adozione, tra le molte letture, aveva frequentato il *Martín Fierro*, poema epico gauchesco del poeta José Hernández. In qualche intervista ne citava a volte i passi, perché Fierro era un galantuomo da portare come esempio e l'intero poema è un manuale di virtù civiche.

Tornando a quel Natale, il Papa si era posizionato in prima fila per vedere proiettarsi l'ombra agognata del Bambin Gesù. Ma, per quanto lo specialista torcolasse le dita, sul cartone bianco nulla compariva. Andò avanti mezz'ora buona cercando di dar vita all'ombra divina. Poi lo smacco e il dolore lo obbligarono a desistere. Gli si erano ingroppate le dita con dei nodi impressionanti, tanto che per sbloccarle dovette intervenire un chirurgo. Nemmeno l'espediente cinese aveva funzionato. In merito alla scomparsa di Gesù Bambino, andava bene tutto, ma non funzionava nulla.

«Bisogna rassegnarsi» concluse il Papa. «Speriamo di capire un giorno il perché di questa disgrazia. Dio non opera senza motivo, e mi auguro ce lo voglia dire.»

Se il Papa sperava, i satanisti gongolavano. Quelli non speravano, erano certi. Sicuri che il demonio avesse vinto sul campo riuscendo ad allontanare il Bimbo Gesù dal mondo. Da tutto il mondo cattolico cristiano. I satanisti sparsero la voce, ogni angolo della terra in mano loro esultò. I fedeli s'impaurirono. Devoti e praticanti, reali o fingitori, sani e malati, giovani, adulti, vecchi e bambini di ogni latitudine cominciarono a chiedersi: «Cosa avverrà ora? Che ne sarà di noi?». La maledizione sul mondo sembrava dietro l'angolo, pronta a calare morte e distruzione. "Senza Dio tutto è possibile" disse una volta Dostoevskij. Ora erano tutti senza Dio, e temevano quel possibile.

Com'era potuto accadere?

Risposte non venivano. Eppure la soluzione era lì, dietro l'albero di Natale, bastava riflettere un pochino. Ma gli uomini non riflettono. Quando si tratta di cercare la verità preferiscono sospettare qualcuno. La riflessione potrebbe deluderli presentando un colpevole non gradito. Il sospetto, invece, li agevola: possono pensare a chiunque, soprattutto a qualche antipatico di loro conoscenza. Tutto ciò gratifica l'animo vendicativo rendendo ciechi. Perché gli uomini vorrebbero il colpevole che fa comodo, non quello vero.

Tornando al Natale mutilato, i bambini del globo, convinti dalle mamme, scrissero la letterina al Bambino Gesù. La imbucarono nei presepi monchi, o sotto l'albero, o semplicemente la posarono sulla finestra. Tutti, chi più chi meno, chiedevano regali di ogni sorta. Non i vecchi giocattoli di un tempo, bensì computer, cellulari, videogiochi, iPhone, iPad, cuffie per la musica e lettori di libri virtuali.

Finalmente arrivò il momento atteso per lunghi mesi: la notte magica che da oltre duemila anni regalava al mondo il Bambin Gesù. Ma lui non c'era. Qualcuno o qualcosa lo aveva fatto sparire. Soprattutto non lo faceva tornare.

Nemmeno in forma d'ombra cinese, statua, disegno, fotografia.

In un paesino di montagna, uno scultore non più giovane tentò per un anno intero di cavare dal legno la figura del Bimbo. Ma appena le sembianze si delineavano, il pezzo spariva. Quindi non si trattava di fenomeni a origine umana, ma di qualcosa proveniente da altri mondi, qualcosa di preoccupante. Andò dal vescovo della città a far benedire il tronco, ma non giovò. Anzi, ebbe l'impressione che dopo l'acqua santa il lavoro sparisse prima ancora d'aver preso forma.

La sera del secondo Natale senza Bimbo, asciugato dai fallimenti, lo scultore s'accasciò sulla pietra del focolare e chiuse gli occhi. Il fuoco agonizzava quasi spento, nella stanza aleggiava un'aria malinconica. Dopo la mezzanotte, l'uomo aprì gli occhi e si trovò a guardare la cenere. La tastò col dito. Era tiepida come il palpito di vita del pulcino nell'uovo. Con l'indice tracciò sulla cenere la figura del Bambin Gesù. Incredibilmente, il rozzo disegno sopravvisse per qualche minuto. L'uomo lo fissava affascinato, forse la malasorte era finita. Ma un vento improvviso, calato dal camino, lo cancellò spargendo via la cenere. Quando la polvere dei legni bruciati si depositò come un'anima stanca, lo scultore cercò invano di ripetere il disegno, che però non durò più. Appena ne tracciava la sagoma, quella spariva come per incanto. Allora lasciò perdere, forse era meglio così. Nel gesto di rinuncia, ricordò quel che aveva visto nella polvere di cenere: c'era un Bambin Gesù triste e spaventato, col volto vecchio e stanco e gli occhi bruciati dal dolore. Un volto senza speranza. Fu un attimo, poi il vento, come a levargli quella sofferenza, sbucò dal camino a dissolverlo. Lo soffiò via e non tornò più.

La notte santa passò come passa un canto sottovoce. Ci fu un po' di baldoria. Tutto il mondo festeggiò il Natale ma in maniera trattenuta. Senza di "Lui", non aveva senso. Molti, però, si ubriacarono lo stesso.

Al mattino i bambini trovarono i regali. Stavano sotto l'albero o nel presepe o posati sul tavolo. Tanti bei regali, milioni di regali, moderni e funzionali, utili, come dicevano le mamme, anche a studiare. I più accaniti a scartocciarli e provarli subito furono i papà. Mentre si divertivano come matti, dicevano ai figli che il Bambin Gesù, nonostante fosse scomparso, era stato di parola. Aveva fatto il suo dovere mandando i regali. Bisognava quindi ringraziarlo, ovunque fosse. E lo ringraziarono, guardando per terra.

Distratti dall'euforia dei regali, ben pochi s'accorsero che nel presepe, al posto del neonato Gesù, ora stava una busta da lettere. E non era quella dei bambini. Le loro erano di colori vivaci, gentili, rosse, gialle, rosa, turchine. E soprattutto erano state raccolte. Quella apparsa negli orfani presepi del mondo era una busta scura. Dove non c'erano presepi, la missiva si trovava sotto l'albero. Se non c'erano alberi, stava posata sul tavolo della cucina o del salotto, o per terra. Quella mattina, nelle case del mondo cristiano, da qualche parte si era materializzata una busta di colore nero. Un misterioso postino l'aveva recapitata durante la notte. Un postino invisibile, dal momento che nessuno si era accorto di niente. Eppure molti avevano trascorso ore insonni fino all'alba senza notare movimenti.

Comunque fosse, le lettere erano là, in ogni casa, ben visibili con la loro busta scura. Si dice lettere presupponendo contenessero un foglio scritto. Anche solo una parola. O due, come "Buon Natale". Poteva essere. Il mistero tornava di nuovo a bussare alle porte di tutti: chi le aveva recapitate? Nessuno e chiunque, non si sapeva.

Lo seppero quando cominciarono ad aprirle e leggerle. Una alla volta, chi prima chi dopo, i padroni di casa violarono il sigillo delle buste misteriose. A volte fu la mamma, altre il papà, altre ancora un nonno ad aprirle. Dove non c'era famiglia ma un singolo solitario, la aprì lui. Dove non c'era nessuno, non la aprì nessuno, ma la missiva era giunta anche lì.

Fino a mezzogiorno non si udì nulla. Il mondo festeggiava con moderazione, non trapelavano voci. Il Natale è festa intima, da consumare in famiglia, senza invitare nessuno. Guai invitare qualche poveraccio. Non tutti hanno famiglia, spesso nemmeno una casa. Infatti la lettera trovò anche barboni sui selciati, nelle stazioni, sotto i ponti o infagottati lungo i portici. In tutte le lingue e gli idiomi del pianeta, la missiva raggiunse gli uomini della terra. Per pochi minuti gli analfabeti riuscirono a leggere, e i ciechi a vedere. E i sordi a udire chi leggeva. Era una lettera che, scorrendola, s'inabissava adagio e inesorabile come un tramonto. Mano a mano che la si leggeva, spariva come il sole dietro le montagne o dentro il mare. Non erano parole da mettere via, quelle. Erano parole, ma non si lasciavano ficcare in un cassetto come lettere d'amore. Quelle non si potevano rileggere.

A mezzogiorno tutti consumarono il pranzo natalizio con un groppo in gola. Anche coloro che non avevano ingerito nemmeno un tozzo di pane sentirono ingropparsi la gola. Si annodò a tutti, anche a cinici e farabutti, assassini e stupratori. Persino i criminali e i mafiosi, rinchiusi nelle patrie galere, rimasero attoniti dopo aver letto la lettera della busta nera. Come all'inizio di questa storia, la notizia della missiva si sparse in un primo momento tra due comari. Le stesse di quel disgraziato paese sui monti, quando il giorno di Natale nevicava, e mentre nevicava loro scoprivano l'assenza del Bimbo dal presepe. Anche questa volta capitò più o meno la stessa cosa. Ma è presumibile sia successo dappertutto. Quelle due comari si trovarono sul sagrato prima di messa. Una disse all'altra: «Mi è toccata una faccenda piuttosto strana». E raccontò la storia della lettera nella busta nera. Disse che, mano a mano che leggeva, le righe sparivano e il foglio tornava bianco come un pascolo innevato. Alla fine, vedendo che l'altra s'agitava, domandò: «Che ti succede?».

«Anch'io» disse «ho trovato quella busta, anche a me si cancellavano le parole intanto che leggevo. Pareva che l'aria se le mangiasse, o un fuoco bianco le incenerisse. Quando sono arrivata in fondo, la lettera non c'era più, ma quello che portava scritto sta nella mia testa e lo ricorderò finché vivo.»

S'aggiunse un'altra donna e un'altra ancora. Tutte a raccontare la stessa storia. Tutte avevano ricevuto uguale missiva. Nel giro del pomeriggio, l'intero villaggio aveva letto le misteriose parole che poi se n'erano andate. E così il paese vicino e quello più in là. Prima di notte l'intera regione e tutte le regioni, una dopo l'altra, avevano avuto tra le mani la missiva dalla busta nera.

Il giorno dopo l'Italia intera era venuta a conoscenza di quelle parole che, una volta lette, si dileguavano come neve al disgelo. Scivolavano nel nulla come ombre di fantasmi. Di seguito, l'Europa e il mondo, a dispetto del "*verba manent*", impararono che le parole non restano. Almeno, quelle delle buste nere non restarono. Ma certe parole, anche se non rimangono, nel loro passaggio possono scarnificare. Quelle lo avevano fatto a colpi di roncola. A conti fatti fu meglio non fossero rimaste. Una volta compiuta la missione, giusta o sbagliata che sia, un uomo, un oggetto, una parola, un gesto, tutto quello che comunica ha il dovere di ritirarsi in silenzio e sparire. Così dovrebbe essere: mandare il messaggio e filare via, nascondersi, come il timido che scompare in casa o la talpa sotto terra.

In pochi giorni il genere umano si guardò allo specchio più di quanto avesse fatto dal tempo che si rizzò in piedi e impugnò la clava. Per lunghi mesi ci fu un grande silenzio di uomini. Ed era ora. Dopo aver letto la missiva tutti chiusero la bocca. E per un bel po'. Le parole contenute nella busta nera avevano reso attoniti anche i più cinici e menefreghisti. I mezzi d'informazione commentavano il fenomeno senza scendere nei dettagli, fenomeno che, abbinato alla scomparsa del Bimbo Gesù, in un anno aveva squassato l'intero pianeta. E nessuno, giova ripeterlo, nessuno poteva chiamarsi fuori. Ci furono, è vero, molti atei professionisti che dopo il primo sbigottimento la buttarono in cagnara, affermando che non gliene fregava niente. Ma anche costoro, per un certo tempo, furono indotti a riflettere e quando si guardavano allo specchio non potevano dire: «Io non c'entro». Nessuno era a posto, il mondo intero non era a posto e fu costretto a un colossale esame di coscienza.

Coloro che si credevano santi, assieme ai numerosi santi dichiarati tali da altri, furono brutalmente scardinati dai piedistalli. Molti scesero da soli dai fragili sostegni, semplicemente riflettendo sul contenuto della lettera. Ma fu questione di poco. Una volta smontati dai pulpiti, si guardarono attorno scoprendo che, dopo l'iniziale sbalordimento, gli uomini facevano spallucce, nicchiavano, fingevano che nulla fosse accaduto. Sul contenuto della lettera non proferirono parola. In breve ripresero l'ambiguo andazzo del tempo migliore, senza alcun ravvedimento. E nemmeno pentimento. Tornarono sui piedistalli a guardare il mondo dall'alto. E dicevano: «Siamo sereni». Così si giustificavano. Erano tutti sereni. Ognuno si convinse di essere puro e giusto. I colpevoli casomai erano altri. Sette miliardi di "altri", uno per uno immuni da colpe.

Per un mese buono, forse anche di più, gli uomini del pianeta furono posti di fronte a loro stessi, senza possibilità di fuga. Capirono alcune cose, soprattutto seppero tutti insieme quello che avevano sempre saputo singolarmente. Era stata quella lettera stregata a smascherare la loro vera natura, ma la rivelazione li svergognò a tal punto che nessuno ebbe il coraggio di commentare pubblicamente il significato di quelle parole.

«Siamo ladri» dissero tra sé «ma non è colpa nostra. Chi ci ha fatto poteva farci meglio.» Non lasciarono trapelare nemmeno un barlume di redenzione. E continuarono come se niente fosse.

Le lettere nere, ormai, erano state quasi tutte aperte e lette, quindi s'erano volatilizzate, non esistevano più. A quel punto, i mezzi d'informazione lanciarono un appello quasi disperato: chi avesse scoperto una di quelle inquietanti buste ancora intonsa veniva invitato a portarla nelle sedi tv opportune. L'idea era di leggerla in diretta mondiale. I media non si rendevano conto che il cinico bisogno di scoop li stava spingendo a confrontarsi con la verità bruciante che fino a quel momento avevano cercato di evitare come la fame. Potevano, è vero, riassumerla, visto che ne conoscevano il contenuto, ma non avrebbe avuto lo stesso impatto. Chi l'avesse consegnata avrebbe ottenuto una lauta ricompensa. Non i cento milioni promessi dalle nazioni unite a chi avesse riportato in capanna il Bambin Gesù, ma sempre una cifra da rendere tranquilli per un bel po' di giorni. Più che tranquilli, sicuri, dal momento che i soldi non danno tranquillità. Al contrario, se sono tanti, creano angoscia. Ma gli uomini non si facevano inquietare dalla paura e dicevano: «Meglio molti soldi e avere angoscia, che sereni e pacifici senza una lira». Dicevano così, gli uomini.

Nonostante ricerche operose e massimo impegno, non fu facile reperire le lettere. Tante erano state aperte, scorse a metà e poi, chi aveva iniziato a leggerle, le aveva consegnate al fuoco o alla spazzatura, seccato dal contenuto. Di quelle missive, casomai ne fosse stata reperita qualcuna, si poteva averne soltanto una parte, dal momento che l'altra si era dissolta leggendo.

Ma l'essere umano non demorde. Perciò, con ricerche mirate e cocciuta pazienza, le autorità preposte riuscirono ad averne tre. E dov'erano? Forse in casa di qualche vecchina solitaria che non ci badava? O non sapeva leggere? No.

Forse da qualche giovane balordo che beveva e si drogava? No.

In una casa abbandonata dove la lettera era giunta nonostante la solitudine dei muri? Nemmeno lì.

E allora dove? Indovinate un po' dov'erano...

Una l'aveva il teologo, esperto in cose che non conosceva. Rifiutò di leggerla per paura di fare i conti con il ridicolo.

Una era del prelato, che teneva un attico da nababbo nella capitale e un potere da ras. Non l'aveva letta per evitare di fare i conti con l'altissimo o forse con la vergogna, ma questo si stenta a crederlo.

La terza apparteneva a un tale che si recava a messa ogni domenica, come tanti del resto. Quel tizio non conosceva le parole perdono, tolleranza, carità, generosità. Era razzista, xenofobo e un bel po' di altre cosette non in linea con Santa Madre Chiesa. Però andava a messa ogni domenica, con volto serafico e devoto, convinto che Dio non lo vedesse. Quando capì che Dio lo vedeva benissimo, evitò il tagliacarte come la peste.

Così, per togliersele dai piedi, e soprattutto dalla testa, i tre rivelarono di averle.

Venne mandata una pattuglia a prenderle. Scortate come fossero bombe atomiche, furono consegnate a chi le aveva richieste. Tre buste nere, intonse, da leggersi in diretta tv planetaria. Una dalla Città del Vaticano. Una dalla sede centrale della televisione americana. La terza da quella cinese. Per trentatré giorni si fece pubblicità all'evento che, senza ombra di dubbio, prevedeva numeri di telespettatori di gran lunga superiori a quelli dei mondiali di calcio.

Visto che durante la lettura non ci potevano essere inciampi o titubanze di sorta, venne bandito un concorso tra professionisti della dizione per estrarre i tre che leggevano meglio. Ce n'erano così tanti, di virtuosi della voce, che la scelta fu piuttosto difficile. Oltre alle capacità di postura, era una questione di timbro. Doveva essere profondo, caldo, un po' ombroso ma non severo. Men che meno sentenzioso.

Alla resa dei conti, tramite segnalazioni piovute dall'alto, i tre furono individuati e non erano per nulla i migliori, nemmeno professionisti. Erano raccomandati, tanto valeva non perder tempo. Funzionava così.

E alla fine, chi erano i formidabili lettori delle lettere dalla busta nera? Erano tre notissimi scrittori che, in attesa del Nobel, non leggevano altro se non i loro libri. Tralasciavano di leggere tutto, anche i segnali stradali, per cui al volante diventavano pericolosi. Ma non mollavano le loro pagine. Leggevano quelle e basta. Dopo averle scritte e pubblicate e promosse, si mettevano lì, impegnati strenuamente ad autoleggersi. Per merito della loro vanità, l'umanità avrebbe potuto finalmente sapere. Qualche volta amare e leggere solo se stessi, come narcisi, può togliere gli sconfitti da una brutta situazione.

Allora, dopo aver trovato tre di quelle dannate lettere e tre formidabili scrittori-lettori, il mondo s'apprestò a udirle. Finalmente il momento era arrivato. Tutte le televisioni del pianeta si prepararono a mandare l'avvenimento in diretta. Era una quieta sera di novembre, nelle zone dove cominciava l'inverno il freddo non si sentiva, in altre latitudini, dove cominciava l'estate, vi era tepore. A Pechino, Roma, New York e nel globo tutto si poteva palpare la tensione come sfiorando un cavo elettrico. Nelle sedi televisive di quelle metropoli, ci si apprestava allo svelamento delle lettere. E tutto il pianeta stava col fiato sospeso. Rispettando i fusi orari si cominciò. Ai telegiornali di prima serata comparvero i lettori delle missive. Vestiti impeccabili, tutti e tre presero posto ai leggii illuminati. A un cenno di qualcuno dietro le quinte, aprirono le buste. Il mondo, è il caso di dirlo, stava in religioso silenzio. I tre scorsero i fogli che tenevano in mano come a studiare un attimo il testo. Passavano i secondi e non cominciavano. Studiavano un po' troppo. Secondo alcuni miliardi di spettatori lo facevano apposta, per creare l'attesa. Fatto sta che, dopo un minuto buono, restavano ancora lì con la bocca cucita.

Poi finalmente decisero. Uno alla volta, in tempi diversi, annunciarono al pianeta la triste novella. Le lettere erano vuote! Nemmeno una virgola segnava quelle pagine. Ogni parola, dalla prima all'ultima, era scomparsa. Forse non erano mai state scritte, chissà, nessuno può saperlo. Gli azzimati lettori-scrittori, dopo le dovute scuse, guadagnarono i camerini. Così il mondo non poté udire in diretta ciò che sapeva in differita e che non commentava per la consueta vigliaccheria che governa gli uomini.

Quando l'intero pianeta si era ormai rassegnato a non assistere all'agognata lettura pubblica, si venne a sapere che un bambino aveva ancora una lettera. L'ultima. Un bambino di circa otto anni, biondino e gracile, con occhi azzurri. Si presentò da solo a Roma, di fronte agli studi RAI di via Teulada, e nessuno sapeva da dove era venuto. Disse solo che avrebbe ceduto la lettera a una condizione: di poterla leggere lui stesso. Vedendo in quel ragazzino un nuovo, colossale scoop, il direttore fu ben lieto di accettare. Alla fine di tutto diventava solo un discorso di audience e soldi, non di dolore e di fede. Il caso riesplose, ancora più virulento. Venne organizzata alla svelta una nuova lettura pubblica. In mondovisione, ovviamente. Dopo preparativi frenetici e veloci, il giorno arrivò. Ma il bambino era povero, malvestito, sporco ed emaciato. Allora, prima dell'evento, si provvide a tirarlo a lucido, come un puttino. Così, una sera, di fronte a qualche miliardo di persone che attendevano ansiose, apparve in tv questo bambino sbucato dal nulla a leggere la lettera. Le luci vennero abbassate, si ottenne l'atmosfera giusta e ciò che segue fu quanto il mondo udì:

«Cari uomini della terra, è inutile che mi cerchiate, non mi troverete più. Me ne sono andato io, di mia volontà, stufo di essere preso in giro. In questi mesi di affanno, vi siete prodigati in mille modi per scoprire chi aveva rubato Gesù Bambino dai presepi del mondo. Avete accusato del furto tutto e tutti, senza rendervi conto che i colpevoli siete voi. Piangete la mia scomparsa recente senza accorgervi che mi avete perduto da tempo. Più che perduto, mi avete allontanato. Salvo tirarmi fuori da uno scatolone quando sta per arrivare il giorno della nascita, non sapete più nemmeno che faccia abbia Gesù. E vi capisco, perché io non ho più il mio volto. È stato deturpato dai pugni e dai calci della vostra violenza. Dalla vostra fede corrotta, dalla vostra virtù di comodo. Virtù che predicate a vista, solo per farvi notare e ottenere credito. Andate a messa la domenica e non sapete cosa sono il perdono, la tolleranza, la carità, la generosità. Metà di voi è razzista, xenofoba, feroce. L'altra metà ipocrita, opportunista, vendicativa, invidiosa. Nemmeno laggiù, dove sono nato, riescono a vivere in pace. Si odiano e si ammazzano da duemila anni. Non posso fidarmi di nessuno, spesso neppure dei miei ministri in terra. I quali si occupano di politica più che di anime. Devo dire che esistono tante persone di cuore, ma si perdono nel mare della falsità, risucchiate dal vortice, rese invisibili dal pantano di voi stessi, che dove passate rovinate tutto. Nemmeno il cielo si salva più. Sporco anche quello. Sporco e avvelenato. I pochi uomini di buona volontà stanno per soccombere a causa della vita sciagurata che la maggior parte di voi conduce. Non ha più senso nemmeno castigarvi, lo fate da soli, tagliando il ramo su cui state seduti. Avete distrutto la natura intera, il mare, le foreste, l'aria. Avete spazzato via la bellezza pur di far soldi e arricchirvi. Niente si salva dalle vostre grinfie. Non provate pietà per chi non ha nulla, per chi non ha nemmeno un pasto al giorno. Però a Natale siete i primi, i più zelanti a trarre dalla soffitta lo scatolone e dare vita al vostro presepe. Ipocriti! E poi a messa. Andate a messa senza vergognarvi. Ecco perché sono sparito dai presepi. Perché mi costringete a nascere già morto. E mi fate male. Vi perdono ma me ne vado, di voi non voglio più saperne. Arrangiatevi. Dovrei andarmene anche dalle croci che tenete in casa, sulle quali mi avete inchiodato. Ma quelle ve le lascio volentieri, col mio corpo appeso che non vi salva più. Vi lascio l'immagine della mia morte, non della mia nascita. La nascita è miracolo di partenza, cammino di speranza. Inizio di una vita che dovrebbe essere condotta nel bene e nell'amore. "Ama il prossimo tuo come te stesso" esortai un giorno. Ma non lo avete fatto, né mai lo farete. Allora vi lascio, mi tolgo per sempre dai vostri falsi presepi.»

Il bambino finì di leggere e quando riaccesero le luci non lo videro. Era scomparso. Fu cercato dappertutto senza esito alcuno. Quella sconvolgente sparizione era destinata a rimanere per sempre un enigma.

Uno di quei sapientoni che si guadagnavano

la pagnotta fissando i teleschermi, uno famoso, opulento di nome e di fatto, sentenziò che lo spettacolo di quella sera non era stato granché e la messinscena deprimente. E se lo diceva lui, poteva benissimo essere.

Così si concluse la vicenda dei Bambin Gesù. E tutto tornò come prima.

Alcuni mesi dopo, affondò una nave da crociera. La gran parte dei turisti riparò sulle scialuppe e si salvò. Ma parecchi morirono, annegati nel silenzio di piombo liquido degli abissi. Tra questi, un pezzo grosso del governo Usa. Per lui, si mosse il mondo intero nel tentativo di tirarlo su. Palombari e sub, i migliori in circolazione, furono ingaggiati per strappare al fondo del mare quel corpo importante e dargli degna sepoltura. Tutto ovviamente in diretta televisiva. Fu durante questa operazione che si venne a scoprire dove erano finiti i Bambin Gesù.

Laggiù sul fondo, in mezzo ai pesci, c'erano migliaia di corpi, poveri esseri umani affondati sulle carrette del mare e mai cercati da nessuno. Accanto a loro, milioni di Gesù Bambini, montagne di Gesù Bambini: tutti quelli che mancavano ai presepi del mondo erano finiti laggiù, per stare insieme a povere anime di ogni razza, morte per l'indifferenza e il cinismo degli uomini che, uno dopo l'altro, formano l'umanità. Un mondo senza pace né bontà, privo di tolleranza e perdono. Quel mondo ottuso e feroce che fa finta di niente, che non fa nulla per migliorare o dare una mano al suo simile in difficoltà. Quel mondo di signori che comandano e fanno guerre, uccidono e fanno uccidere, capi, presidenti, dittatori e marionette. Quel mondo che s'accorge di Gesù solo una volta all'anno, per collocarlo nel presepe e filare al cenone. Quel mondo che cerca Gesù Bambino chissà dove, e non si rende conto che lo ha tolto di mezzo lui.

Tra le vette dolomitiche, collocato in un lembo di paradiso, esiste un laghetto dal colore irripetibile. Nessun altro specchio d'acqua al mondo regge il confronto. I dati provano che è sorto in una notte di neve e gelo. Una sola notte per un grande mistero. La notte di Natale, l'ultima dei presepi falsi. Si dice, ma non è provato, che quando fuggivano dagli uomini per inabissarsi, i Bambin Gesù del mondo passavano tra quei picchi dolomitici. E lì, proprio in quel punto chiamato Sorapiss, lasciavano cadere una lacrima. L'ultima fu quella del bambino che lesse la lettera. Una lacrima color turchese. Una sola, una ciascuno, ma così tante da formare il miracolo. Un magnifico catino d'acqua dal colore che sa di cielo.

Si dice questo, ma ancora non è provato nulla. Forse è solo una leggenda dei monti pallidi, una delle tante. Chissà...

Baita del Ghiro, 30 luglio 2014

Arnoldo Mondadori Editore S.p.A.

Questo volume è stato stampato
presso ELCOGRAF S.p.A.
Stabilimento - Cles (TN)

Stampato in Italia - Printed in Italy